KB184810

칼은 여전히 조용하다

시작시인선 0521 칼은 여전히 조용하다

1판 1쇄 펴낸날 2024년 12월 20일
지은이 여수니
펴낸이 이재무
기획위원 김춘식, 유성호, 이형권, 임지연, 차성환, 홍용희
책임편집 박예솔
편집디자인 민성돈, 김지웅, 정영아
펴낸곳 (주)천년의시작
등록번호 제301-2012-033호
등록일자 2006년 1월 10일
주소 (03132) 서울시 종로구 삼일대로32길 36 운현신화타워 502호
전화 02-723-8668
팩스 02-723-8630
블로그 blog.naver.com/poemsijak
이메일 poemsijak@hanmail.net

ⓒ여수니, 2024, printed in Seoul, Korea

ISBN 978-89-6021-795-9 04810
　　　978-89-6021-069-1 04810(세트)

값 11,000원

칼은 여전히 조용하다

여수니

천년의시작

시인의 말

색깔이 숨어 버린 캔버스
말의 색을 찾아 너무 느리게 걸었다
나와 나 사이를 건너는
한 올의 사이를 너무 오래 걸었다

캔버스 아래서 꿈틀대던 색깔들
검은 그림자를 벗고
피가 돌아 제 색깔로 올라온다

차 례

시인의 말

제1부

제2부

제3부

제4부

해 설

제1부

칼
―사과를 깎으며

칼은 조용하다
어둠을 등진 채 환하다
내 손이 손잡이에 닿는 순간
칼은 내 마음속으로 들어온다

붉은 껍질과 흰 칼날은 친숙하다
사과의 부드러운 곡선과
날카로운 직선이 둥글게 둥글게 같이 돈다
달콤한 향기와 칼 속의 어둠이 교차한다

잠깐 날을 세우는 마음
살짝 미끄러진 손가락 속으로
칼날이 파고든다
피부의 근성이 피를 보인다
칼은 여전히 조용하다

꿈

허물을 벗는다

말랑말랑하고 투명한, 매끈매끈하고 부드러운 속살은 놓
아두고

딱딱하고 견고한, 시간이 끌고 온 그림자 짙은 몸뚱이
를 떼어 낸다

(접착제보다 강한 인연들이 껍질을 놓아주지 않는다

뚜렷하지 않은 죄명들이 뿔처럼 단단하게 솟아 있다

돌부리에 차인 썩은 발톱까지 떨어지지 않는다

피돌기를 멈추었던 핏줄들이 떨어지지 않는다

시퍼렇게 날이 선 길의 모퉁이들이 떨어지지 않는다)

점점 길어지는 몸뚱이

밤이면 더욱 무거워져 납작해진다

소리들은 무게가 없어 발가락 끝까지 따라온다

죄는 짓는 것이 아니라 느끼는 거야

감각의 사이를 비집고

느끼지 못한 죄들이 점점 달라붙는다

>
곧게 서지 못하는 등뼈 다시는 곧은 길 밖으로 나가지 않겠다
생생한 다짐을 한다

먹고사는 일

먹고사는 것이 별거 아니라는 걸
먹고살기 위해
내 모든 것을 바쳐 결국
내 모든 것이 병든 다음에 알았다

어느 날부터 자주 굶었고
배고픔의 무게에 온몸을 지배당하고 살았다
배를 채우기 위한 몸부림이 크면 클수록
밥그릇도 점점 커져 갔다
채워지지 않는 밥그릇에 헛헛한 허기는 사라지지 않았다

병든 몸보다 더 병든 시간들은
돌아갈 수 없는 시간을 두고 앞으로 나아가질 못한다
늙지도 못한다

먹고사는 것보다 더 절박한 많은 것들
잊고 살았던 오래 굶은 것들이 어둠 속을 헤쳐 나온다

쌀 두 숟가락이면 더는 먹을 수 없는 뱃속
꼭 필요한 노동은 일 인분의 밥이 아닌 일 인분의 희망

그러나 일 인분의 희망과 쌀에 대하여 말할 수는 없다

나의 모든 것들을 일으키려 다시 힘을 모은다
먹고 싶은 것 없이 차려질 아침 밥상을 생각하며
먹고사는 거 참 별거 아니라고 피식 웃어 준다

2월, 봄인가?

누군가
소리를 내지 않으려 작게 움츠리는 소리
빈방에 미묘하게 흔들리는 파장
스스스스 귓가로 스치는 듯한 입김
아주 먼 소리곳에서
아기 이마 솜털처럼 새롭게 일어나는 소리
축축하고 느른한 긴 혓바닥
나무들을 핥고 지나가나?

빠드레 빠드로네
—아버지가 그리운 날

석회석 바위산에서 먼지 날리는 종소리가 울린다
들리지 않는 종소리
그 종소리 울리면 떡갈나무 걸어와 등을 덮친다
달아나던 폭포의 비명
검은 이빨로 달려든다

아버지와 함께 지나온 산도産道
—양치기는 날개가 없어도 날아야 한다
아버지, 등을 후려치며 세상 속으로 몰아낸다
양 떼가 바람을 안고 언덕을 오른다
여섯 살 가비노의 종아리로 양 떼 뒤를 따른다

뿔뿔이 흩어지는 양 떼
작은 보폭으로 숨차게 따른다
아버지 더욱 거칠게 등을 후려친다
—빨리, 더 빨리 날아라
울리지 않는 종소리 들린다

우울

가을장마에 우물이 넘친다
물이 비비추 보라색 꽃 지나 자귀나무 지나 멀리 들 가운
데로 내달린다
논과 밭 개울이 경계 없는 수평이 된다
물이 평정한 물의 속은 깊이를 알 수 없다
희망이라 부르던 것들
고통이라 부르던 것들
다 어디로 흩어졌나
배고픈 여우처럼 우우 울어 대던 우물 속으로 사라졌나
어둠이 촘촘한 하늘
깊이 박혀 있던 작은 꽃들이
마당 가득 마침표처럼 뛰어내린다
크거나 무거운 마침표들이 우산을 뚫는다
두께가 없는 납작한 웃음들이 사이사이 회색빛이다
웃음 하나 작은 틈을 열고 물음표를 던진다
사랑 하나만으로도 충분히 물 위를 걸을 수 있다고 말한다
가을비는 쉬지 않고 내리고
키 큰 단풍나무는 덩달아 깊어져 점점 붉어진다

풍선

겉과 속은 소통하지 않는다
얇은 막은 팽팽하게 두 공간을 분리하는 데 충분하다

막 속의 나는 얇음에 등을 기댄다
나를 지탱해 준 건 탄력 있는 마음이 아니라 탄력 있는
얇음이다
일탈하는 내 몸을 그대로 감싸는 유연함
따라잡지 못할 실루엣은 없다

밖에 있는 나는 언제나 막 속의 실루엣에 기댄다
빠르게 흔들리는 벽 안의 나를 작게 숨기기에 충분한 얇
음이다

그림자는 둥글고 가볍다는 정의는 화석처럼 굳어 있다
내 발에 밟혀 있는 무겁고 단단한 모난 돌들은 나를 두고
날아가지 못한다

배꼽에 붙어 있는 안과 밖의 모습
엄마의 자궁 속부터 쥐고 나온 두 모습이 공중에 높이
떠 있다
누군가 쥐고 있는 끈을 자르고 싶은 어느 날

내 강아지 하영이에게

아기 천사의 모습으로 우리에게 온 날
첫 눈길로 바라보던 너의 까만 눈동자를 잊을 수가 없다

너는 늘 반짝이는 사랑이었지 그리고
세상의 모든 기쁨이었지

어느새 우리 가슴속을 다 채워 버린 큰 빛으로
활짝 열린 우리의 우주가 되었단다

우리와 함께했던 박하사탕 같은 날들을 지나
이제 가야 할 새로운 길 앞에 선 너

하늘이 전부 새의 길이듯
땅 위의 모든 길이 너의 길이니
행복한 모든 길을 거침없이 걸어 보려무나

어쩌다 잘못된 길 위에서
서로의 마음이 섬처럼 외로울 땐
손을 잡아 두 마음을 포개면 겨울은 오지 않겠지

\>

푸른 그늘을 드리운 큰 나무처럼

꽃과 열매 가득한 두 그루의 거목이 되길

두 손 가득 우리의 마음을 담아 너에게 보낸다

카페 '호롱불'

푸른 피가 도는 폭 넓은 강을 따라
실핏줄 꼬불꼬불 같이 돌다 멈춘 곳
그곳에 가면 매 맞고 쫓겨난 언년이 같은
호롱불 카페 가만히 앉아 있다
박을 매단 초가지붕 드문드문 잡초도 키우는
해지면 관솔불 밝히는 좁은 방의 고콜도 생각나게 하는
그런 카페, 물론 앞에는 강물이 흐르고 그 강의 깊이보다
더 깊어져 가는 마음 한 자락 만날 수 있다
강을 등에 업은 창문, 그 아래 놓인 요강에선
수련이 자라고 떡시루 화분 속 난초가 꽃을 피우는
카페, 뒤란 굴뚝 옆 장작더미 속
새우젓 항아리에 진짜 오줌도 받아 두는
흰 저고리 검정 통치마 다섯 살 내가 사는 곳
오래전 죽은 할머니가 아궁이 앞에서 웃고 할머니 따라간
내 동생도 아장아장 걸어다니는 그런 카페
호롱불에 출렁이던 할머니 그림자
나를 잡아먹고 방을 다 잡아먹고
내 귀에 속삭인다 애야 세 번 부르기 전에는 문 열지 마라
오늘은 할머니 헤이즐넛 커피를 마신다

등산

오를수록 가파른 고개, 오릅니다 숲은 풀어놓았던 길 다시 숨기고 마음은 자꾸 내려가려 합니다 이곳까지 닿은 물소리 자지러집니다 바다에 닿으려면 아직 먼 길, 내려가는 길은 더욱 가파른가 봅니다 주춤거릴수록 숨찬 고개, 바람은 내 이마를 치며 아래로 내닫습니다 그때마다 조금씩 길밖으로 밀리고 다시 길섶에 주저앉습니다 깊고 어두운 지상, 땅 속으로 멀리 보입니다 멧새 하나 떨어질 듯 떨어질 듯 제 길을 오르고 흔들리는 쑥부쟁이 꽃그늘 조금 더 어두워집니다 저문다는 건 제 키보다 넉넉한 그림자를 만드는 것이라고 나무들, 그림자 끌고 와 지친 내 등을 덮어 줍니다

편평태선*

꼬리가 있던 그 자리에
검은 꽃처럼 얼룩이 피었다
갖고 싶은 꽃밭을 풀어놓은 듯
매, 란, 국, 죽이 가득하다

꽃보다 꼬리가 필요해, 마음 밑바닥에서 속삭인다
말의 혓바닥이 얼룩진 상처를 쓸어 댄다
삼신할매의 손바닥, 아버지의 튼 손
살아서 혓바닥을 밀어낸다

흔들지 못한 것의 아쉬움
돌아누우면 겹쳐지는 꼬리가 긴 짐승
밤마다 살아나던 사냥의 악몽
누군가 또 가슴 깊숙이 화살을 꽂는다
꼬리는 감춰, 흔드는 게 아니야

검은 꽃보다 더 어두운 기억
자르지도 못한, 흔들지도 못한 얼룩진 흔적
의사의 독한 처방을 들으며

화려한 꽃과 꼬리를 꿈꿔 본다

* 편평태선: 편평하며 약간 솟아오른 모양이 특징인, 가려운 구진 비늘 피부병의 하나. 만성이며 개별 병터는 약간 보라색을 띠나 전신적인 문제는 일으키지 않는다.

중년
―잃어버린 세월에 부침

허공을 맴돌던 가랑비
우산을 뚫고
내 가슴을 지나
잃어버린 세월 속으로
날개 접고 잠긴다

잊힌 나의 모습

우면산에 걸친 물안개
오한 돋는 빗소리는
너를 더욱 거울 속에 가둔다

가자
탑 속의 시계는 멈추었지
우리의 잃어버린 세월을
뒤돌아서 걸을 때

외계인

주머니 속 유리구슬 가득하다 심심할 때 구슬을 하나씩 꺼내 공중에 차례차례 박아 본다 반짝이는 붉은색 푸른색 검은색…… 그중에서 푸른색 구슬 들여다본다 잠자는 구슬, 속으로 들어간다 깨지지 않는 바람과 흙과 물 오랜 시간을 넘나든다 그 속에 가만히 귀 대 본다 갑자기 쏘옥 원추리 귓속을 뚫고 들어온다 떡갈나무 굵은 음성으로 아카시아 향기에게 뭐라 말한다 멧새, 전령사처럼 소식을 때리며 숲 속을 긴장시킨다 물푸레나무 가슴속에 들어와 뿌리로 툭툭 건드려 본다 벌 하나 머리 위를 빙빙 돌고 검은 나비 날개에 공포를 숨기고 살짝 내 다리에 앉았다 날아간다 (분명 말했을 거다 도저히 내가 누군지 알 수 없다고)

나는 또 심심하다 슬그머니 구슬 속을 나온다 구슬을 하나씩 도로 주머니 속에 집어넣는다 주머니에 손을 넣어 보면 뱅글뱅글 구슬들 계속 돌아가고 있다

손
─내시경 검진 받던 날

안개는 오래도록 물러가지 않는다
창밖의 길과 강, 그 속의 모든 것들을 빨아들였다
문득, 어니에선가 까지 울음소리 미지막 비명처럼 사그
라든다
회오리바람보다 더욱 세찬 정적
병실로 들어와 나를 빨아들이려 한다

흰 가운의 남자 돋보기로 손바닥 들여다보던 육교 위 노
인처럼
불 켠 외줄을 타고 내 속으로 들어간다
오랜 어둠이 깨지고
밝은 빛에 고요하던 붉은 늪
깜짝 놀라 움츠린다
안개의 근원지 오히려 조용하고 따뜻하다

생명선을 타고 내려가는 흰 가운의 남자
낡은 내 발자국을 확인하며 걷는다
(어디까지 갈 건가?)
긴 줄의 불빛이 갑자기 멈춘다 × 표의 팻말 앞
빨간 꽃 몽우리 쏘옥 솟아 있다

>

—꽃이 피면 나는?

다행이 양성이군요

가운의 남자 빠져나오자 어둠에 쓰러지며 피지 않는 꽃

잠잠하다

손바닥 안, 희미하게 연결되는 선 하나 보인다

동네 한 바퀴 셀카

꽃에 얼굴을 대고 찰칵
붉은 단풍 노란 단풍에 얼굴을 대고 찰칵찰칵
꼬리 잘 흔드는 농네 강아지에 내 얼굴을 대고 또 찰칵
구불구불 논두렁에 얼굴을 대고 찰칵

전부가 아닌 일부의 강을 뒤에 두고 찰칵
늙어 가는 산빛을 뒤에 두고 찰칵
점점 멀어져 가는 하늘을 위에 두고 찰칵
마음 따라 변해 가는 하얀 구름이 이뻐 찰칵

집과 집 사이의 경계가 재밌어 찰칵
지붕에 걸려 있는 낮달 앞에서 찰칵
개천을 잇는 다리 앞에서 찰칵
서울까지 밀리는 자동차 행렬 앞에서 또 찰칵

하루 종일 찰칵찰칵
동네 전부를 찰칵찰칵
내 방으로 돌아와 사진을 열어 본다

꽃과 찍은 장면은 닮지 않아 삭제

착한 강아지와도 삭제

하늘, 산빛, 옆집과도 지우고 지우고 지우고 지우고……

남은 건 빈 공간

내 밖은 변하지 않고 나만 변한 내 사진

누구와도 어느 곳에서도 섞이지 않는, 어울리지 않는

이 얼굴을 어떡해

비

구름이 배밭으로 우우 몰려온다
한바탕 숲을 휩쓸던 바람
긴 혀를 낼름이며
배밭을 오르기 시작한다
잘게 떨리는 꽃잎
단죄하듯
소낙비 빳빳한 빗금을 긋는다
훅, 끼치는 피 냄새
착상하지 못한 사산아들이
하얗게 쏟아진다

제2부

공

우리는 그 속으로 돌아갈까?

우리가 떠나온, 떠나온 뒤 잊어버린
알 수 없는 그곳
없음과 있음이 한 몸인
냄새도 소리도 눈동자도 뒤엉킨
생각도 기억도 촌철의 핏방울에 갇힌
멀지만 가까운 그곳
말[言]이 태어나기 전, 말이 돌아갈 수 없는
단지 또 다른 색깔이 지배하는
얇은 막이 감싼 세계
어디에도 있고 어디에도 없는 그곳

우리는 다시 그 속으로 돌아갈까?

이 가을에

무엇을 심을까 생각하다
시간만 가득 쌓인 묵은 밭
팔월 시나 구월에 이직 무엇인가 할 수 있다고
버리지 못하고 두고 보던 묵은 밭
새 떼가 꽃잎처럼 쏟아진다
창 안에까지 파닥이는 소리, 모이 쪼는 소리 들린다
새를 심을 생각 왜 못 했을까
잡초에서 익은 씨앗들이 새들을 꽃 피운다
멧새, 참새, 비둘기
파도처럼 밀려들었다 쓸려 나간다
어느새 묵정밭이 마음속에도 꽃을 피운다
상추 열무 고추 쑥갓을 잃은 사이
질경이 개망초 쑥부쟁이 며느리밑씻개
셀 수 없이 꽃 피우고 열매 맺었다
열매 사이 지렁이 사마귀 메뚜기 잠자리 개똥벌레도 키
운다
밭은 저 혼자 계절을 품어 씨앗을 키웠다
이 가을에
새를 심은 묵은 마음에 새싹이 파랗다
겨울이 와도 언 땅에 꿈꿔 온 작은 염원 하나 심으면

덩달아 따라와 씨앗을 맺는 작은 새 떼들이 파도처럼 밀
려올 것이다

조팝나무 꽃 핀 봄날

환장한 꽃들 좀 봐
무등 위에 무등 또 무등
하얗게 쌓이는 눈빛들

머리카락을 잡힌 채
산 정상으로 끌려 올라가며
깔깔거리는

입속 화한 박하사탕
입맞춤으로 점점 달아올라

궁둥이를 들썩이며 바라보는
내 눈 속까지 하얗게 덮여 오는
염치없는 꽃들 좀 봐

블랙홀

먼 길 돌아,
오천오백만 광년을 돌아도
핑크의 문으로 들어갈 수 없어
끈적한 최루의 가스가 떠도는
나도 저 불꽃 속을 상상하며
같이 떠도는

반짝이는 동그란 문은
사랑스러운 고양이 눈빛
위험한 것은 늘 저렇게 빛나던 것을
허공이 잡고 있는 내 모든 것들이
독침을 찌르듯 세포의 날 선 생각까지 쫓아온다

감은 눈 속에서만 살아나던
깊은 수렁의 빨대들은 이제
타는 불기둥 하나씩 안고
오천오백만 광년 밖의 나를
가장 화려하고 달콤한 빛깔로
외로움을 가장한 채 빨아들인다

사월

꽃이 떨어져
내 곁을 떠나도
슬퍼하지 않으리

떨어짐이
태어남의 몸짓인지
알 수 없는 우리

하얀 웃음으로 쏟아지는 꽃가루
하늘을 향한 라일락의 향기는
슬픔의 모습일지

노을이 흘러
그림자도 잠들면
혼자로 아름다운 사월의 밤

장미

가시 돋친 장미 넝쿨 속에 갇힌 이 긴 밤을
나는
잊지 못할 것이다

꽃잎을 뚫고 떨어지는 날카로운 빗소리를
나는
영원히 잊지 못할 것이다

무수히 내 귓전을 울렸던 너의 음성을
나는
더욱더 잊지 못할 것이다

하지만 가시 돋친 네 이름만은
꽃이 지기 전
꽃이 지기 전
나는
잊어야 할 것이다

화장터에서

오빠가 불 속으로 들어갔다
철문이 닫히며 붉은빛이 우리를 흩듯 지나갔다

마스크를 한 인부가 손사래를 쳐 우리를 멀리 떨어지게 했다
지붕 위 굴뚝에선 아직 연기는 피어오르지 않았다
잿빛 같던 오빠의 마음 한 자락도 재가 되어 떨어지지 않았다
다만 스무 살 아들에 의지해 어딘가 갈 거라는 믿음만 있었다

한 시간쯤 후
오빠는 작은 상자에 담겨 나왔다
검은 보자기 속에 응축된 오빠를 우리는 가슴에 안았다
아들의 뼛가루를 뿌리며 울던 오빠를 나는 또 한 번 가슴
에 안았다

일곱 명의 동생에게 한 일곱 번의 부탁처럼 숲속으로 갔다
어느 짐승의 먹이보다 어느 풀의 색깔이 되길 바란 마음을
알 것 같았다

한 움큼씩 바람에 날리는 오빠
숲속의 가고 싶은 곳으로 가볍게 날아갔다

그림자도 없이 날아갔다

잠깐의 집이 되었던 빈 상자를 탁탁 털어 불을 붙였다
손가락 사이 묻어 있을 희미한 흔적마저 털어 넣었다
불꽃은 짧은 인연처럼 빨리 사그라들었다

마지막 오빠의 마음일까
시커먼 재가 우리를 따라와 신발 바닥에 달라붙었다
그림자 가득한 산을 내려오며 우리들은 잡은 손에 힘을 주
었다
덜컹거리는 차 속에서도 서로의 온기로 뒤돌아보지 않았다

눈물
—반성

누군가 눈꺼풀 속으로 물을 붓는다

큰 파도 속에 묻어 버린 물은 더 큰 파도를 일으키며 밖으로 흘러간다

네 눈물이 너무 반짝여 너무 눈부셔

나를 넘어서 가는 바다

너무 깊어 너무 어두워

나를 넘어서 가는 산맥

너무 크고 높아 너무 멀어 보이지 않아

누구의 손인지 깊이 들어온다 가슴을 휘젓다 머리 깊숙한 골짜기까지 더듬는다 마음 끝 생각 끝 나를 넣어 둔 깊은 주름 속 아직 크지 않은 어린것들을 짓밟는다

네 얼굴이 캄캄해 얼굴이 안 보여

어디를 가는 거야?

꿈꾸지 못한 곳, 내 몸보다 머리가 먼저 가 있는 곳

모든 것을 정화시키고 맑은 기운으로만 들어갈 수 있는 곳

오직 내 눈물로 몸이 정화된다면
걸려 넘어지는 피의 길 아프지 않아
작은 신호를 보내는 생각들을 찾아가는 길

생의 제일 무거운 다리 제일 무거운 걸음
울며 떠도는, 아직 만나지 못한 내 생각들을 만나려면
무엇을 넘어서 가야 하나

가을

땅이 쥐고 있던 초록 풍선들
하나둘 줄이 끊어지기 시작했다
초록 나무, 초록 꽃, 초록 풀
몸을 벗고 위로 위로 솟구쳤다
갈빛 허물을 남겨 두고
훨훨 날아올랐다
끊어진 줄이 꼬리처럼 흔들렸다
먼저 도착한 풍선들
퍽퍽 터졌다
초록의 씨앗들은 궁창에 박혀 들었다
좀 더 무거워진 하늘
새로운 탄생을 예고하며
점점 푸르러 갔다

외로움

가을 호수엔
비가
내리고 있었다

물속에 집을 지은
노을빛 산도 떠나고
비둘기는
둥지로 돌아갔을까

갈대도
날갯짓을 하지 않는다

돌아서는 길
낙엽처럼 쌓이는
풀벌레 소리가
가을비에
젖고 있었다

불면

굴속의 집은 깜깜해
내가 살던 집과 살아야 할 집과 살고 싶은 집들이 겹쳐져

굴마다 웅크린 집에 불을 밝히면
이불 속에 내가 있고 내 속에 다시 집

어느 집 속의 나는 밥하고 빨래하고 청소하고
사람보다 여자가 더 가벼운지 무거운지
치마 입은 나는 자꾸 가라앉고

가라앉는 집 속의 나를 공중에 걸어 놓으면
흔들리며 잠 밖으로 굴러 나가는

집 밖은 너무 환해 눈이 부셔
눈도 못 뜨는 내가 찾은 나만의 집

방마다 불 모두 끄면 다시 환해지고
어둠 속의 집들을 오므려 작은 공 속에 넣으면
파고를 타고 흔들리는 돛단배

\>

내가 살던 집과 살아야 할 집과 살고 싶은 집
끝없이 흔들리며 돌아오는 생각들

눈두덩 앞에서 터지는 폭죽처럼
먼 하늘마저 환하게 밝히는

20201010@.co.kr

내 방은 수평선에 있다
물의 몸에 걸려 있다

　햇뭉치가 방을 뚫고 올라오지 물 내 나는 태양은 지구 반
대편에서 물 속으로 지고 있는 중이야 반대편 물을 몽땅 끌
고 하늘로 떨어지는 물 덩이 지구의 푸른 얼룩들을 한 손에
쥔 채 상륙하지 못하는 붉은 블랙홀 속으로 뛰어드는 거지
잡히지 않는 신호들은 직선으로만 달려 점과 점 사이를 뛰
어다니며 무한 번식을 꿈꾸지

　서로 다른 메뉴의 식탁에 이마를 댄 너와 나 시간은 잘게
부서져 잠깐 자리를 비우지 우리의 식탁에 반씩 걸려 있는
태양은 물의 심장 속이야 아직은 고요하지 네가 쓸쓸한 저
녁을 말하는 동안 내 아침 식탁의 수프가 네 접시로 쏟아져
그림자가 너의 등 뒤로 서고 토마토가 터진 듯 붉은빛이 창
살에 걸리면 네 방의 물을 끌고 물 밑으로 걸어가는 수정란
이 보여 다시 내 방의 물을 끌고 끝없이 오르겠지

　열려 있는 물속에선 얼룩말들이 먼지를 일으키고 빙하의
크레바스가 발밑으로 들어오지 너와 나를 연결해 주는 것

은 물의 지문들이야 한 장씩 넘겨 보며 너의 잠 속으로 편
지를 쓰지

　물을 닫을 수 없어 지평선에서도 물속으로 들어가 서로
만나고 헤어지고 일하고 먹고 보고 느끼고…… 태어나고
죽고
　이제 신들의 세계를 건너온 거야

　읽어야 할 편지를 싣고 배가 들어온다
　조금 전 출항한 배가 내 방으로 다시 돌아온다
　돌고 돌아도 물의 몸속이다

비 오는 날

창 속에 하루가 머문다
창밖으로는 크고 작은 마침표가 쏟아진다
자세히 보면 크고 작은 관이다
말[言]들의 관이다

첫 단어부터 먹어 버린 동그란 주둥이
행을 먹고 연을 먹고 내 이름도 먹어 치운 검은 주둥이

부드럽게 땅속으로 미끄러진다
말의 시체가 가득한 관은 미끄러져도 조용하다
창밖은 점점 커지고 나는 점점 작아진다
비를 먹은 풀들은 정글보다 더 엉클어지고
창 속에는 사막의 모래바람이 분다

모래에 묻혀 버린 발, 오래전 타 버린 머리카락
내 몸의 끝과 끝을 이어 주는 짧은 감각
다시 모래 속으로 사라지는 발등
창 속의 하루를 건너려면 오래된 돌다리를 두드려야 한다
어느 행간이라도 잡고
울림이라도 잡고

물음표의 날카로운 고리에 심장을 걸어 놓고 버텨야 한다

하얀 백지 위의 점 하나
그 속으로 밀어 넣었던 지워진 세계
결론도 없이 마감해 버린 미지의 세계들
비와 태양이 함께 오는 압착된 유리창의 깊은 어디에선가
꾸역꾸역 올라오는 내 가냘픈 탄식인 듯 울음소리인 듯

나의 시

누구의 눈물에도 젖지 않은 무인도
밤이면 떠올라 무채색의 하늘을 지키다
태양의 눈 속으로 숨이 비린다

셀로판지의 별이 되어
작은 바람에도 떠돌지만
슬프도록 아름다운 낮은 창을 찾아다니는
아직은 기쁨도 모르는
키 작은 섬

정육점에서
—돼지가 시에게

자!
입맛대로 고르게
조명을 꺼도
나는 아직 신선해
껍질을 벗고
뼈를 발라내고
가장 무겁던 쓸개도 버리고
속살로만 남았네
자! 마음대로 하게
구워지고 볶아지고 삶아져도
내 머리는
고승高僧처럼 웃어
누구의 칼끝이 더 필요한가?
이 사람아
세상을 건너
자네에게 가고 싶네
어둠 속이라도
자네 몸이 되려네

병病과 병瓶의 통로

병病이 내게 들어온 것이 아니라 내가 병瓶 속에 들어간 것
밀어낼수록 바깥에 머물며 나를 감싸고
오히려 바라볼 수 있는 어둠
뼈마디 세포 끝, 새로운 날, 다른 어느 곳
헤아릴 수 없는 외진 곳마다 내 몸뚱이만 불쑥불쑥 만나고
오랜 기억마저 없는 길의 시작
만나지 못한, 기억하지 못한 길의 끝은 행복했던가
아프지 않았던가

투명한 너를 통해 나를 바라본다
둥그런 병瓶 속의 나를 돌려 본다
작은 입구는 내가 나가야 할 길인지
나를 밀어내는 길인지 알 수 없다
수많은 길들이 언젠가는 내게 들어올지
들어온 길들이 나를 잠재울지
벌레에 뜯긴 구멍 숭숭한
병 속의 나
내가 들어온 병 속은 절망이 고요한 희망도 고요한
바라볼 수 있는 길과 내 몸을 열어 길을 만드는 소리가 잠든
아주 오래된

제3부

풍경

바람 불면
산이 울었다
멀리 두고 온 바다를 그리며
파도 소리로 울었다
비 오고 바람 불면
고래 등처럼 휘어지는 산
온몸으로 물결을 만들며
헤엄쳐 갔다
바쁘게 자장가로 풀어지는 물안개
펄떡이던 산은 된숨을 몰아쉬며 잠들고
꿈속인 듯
어느새 산은 바닷가에 서 있다

집으로 가는 길은 공사 중

가끔, 길은 끊기지요
포클레인이나 흙더미가 불쑥불쑥 차 앞으로 달려들지요
수신호로 길을 열어 주는 사람
등에 붙은 야광색 ×표에 잠깐 또 흔들리지요
간다? 못 간다?
흰 깃발을 따라 아슬한 임시 도로에 올라서면
한없이 가벼워지고도 싶지요
울퉁불퉁 돌멩이들 툭툭 튀어 와 심장을 때려요
깊이를 알 수 없는 웅덩이 앞
브레이크 페달 밟으며 길의 시작과 끝을 생각하지요
오랫동안 썩었을 그곳으로 뛰어들긴 싫겠지요
여러 겹의 마음을 적셨을 흉터, 그 웅덩이 속으로
낮게 엎드린 마음 하나 걸어 들어갈 때
눈앞의 길이 내 속에서 일어서데요
추억으로 촘촘히 박히던 걸요
성급한 피도 삭아
안개비로 조용히 내리겠지요
젖어도 좋겠지요
창밖의 백양나무처럼 하얗게 젖어도 좋겠지요

>
그렇다고 하데요
이곳쯤에 이르면 등을 치던 회초리 자국도
꽃으로 핀다고 하데요 정말 그렇데요
살비듬 같던 조팝나무 꽃이 환하게 보이데요
사이로 날아오를 나비도 보이고
흙냄새 질퍽한 길이 윤기 도는 마음인 것도 알겠데요
천천히 지나가는 절벽 위에 아찔하게 서 있는 나무들
뿌리를 드러낸 채 마지막 흙을 부둥켜안고 있데요

자술서
—정형외과에서

의사는 내게 중심이 흔들린다고 한다
곧게 뻗어 있어야 할 등뼈가 마디마다 좌우로 어긋나 있
다고 한다
부화뇌동하던 내 삶이 한 장의 사진으로 드러난 것 같다
대쪽같이 살고 싶었던 내 마음속
대나무밭 통째로 들어와 키키키키 쏠리며 부끄럼을 태운다
허연 이를 드러낸 뼈들이 내 목을 물고 늘어질 것 같다

(코스모스 꽃잎 같잖아요? 내 생이 늘 쏠리기만 했으니 흰
꽃 하나 피워 올리려 잠 속에서도 삽질을 한 그 울퉁불퉁한 길
을 나는 사랑할 거예요)

의사는 늦기 전에 바로 서야 한다고 한다
복잡한 내 몸속의 길들을 찾아내야 한다고 한다
뒤틀린 채 얽혀 있을 굳은 신경 줄들이 보이는 듯하다
오래도록 잊힌 그 줄들이 그네를 태운다
놀이공원의 해적선 같은
멀미 나는 그 길에서 나는 내리고 싶다

(그래도 내 본질은 푸르도록 하얀 달빛이잖아요? 끝나지

않을 터널 속에서 청량한 달빛 한 모금 만들려 휘어진 그 길
들을 나는 사랑할 거예요)

갈 곳 잃은 사랑

눈물을 따라가 본 적이 있다
길은 끝없이 바뀌고 또 바뀌었다

밝고 탄탄한 도로 끝에는 어김없이 절벽이 있었고
절벽은 또 어김없이 유리 속에 있었다
모든 것을 던지고 싶을 때마저 얇은 유리는 몸과 마음을
공중에 띄웠고
불구덩이 세상을 건너게 했다

눈물의 길은 건조하고 무채색이었다
소리 없이 흔들리는 건 방향 잃은 화살표뿐이었다
나의 모든 것은 길이 감쌌고 길 밖으로 나가지 못했다
모래바람 속 거친 피돌기의 날들이 오히려 그리웠다
모든 것은 한순간에 지나간다는 시인의 말*이 길 속에
는 없었다

미끄럽고 어두운 날들만이 하늘이고 땅이었다
길의 끝은 빛나지 않았고
실타래처럼 엉켜 마음 밑바닥에서 울컥거리며 수시로 솟
아올랐다

>
빛깔도 냄새도 없는 눈물의 길
오직 물의 감각이 살아 영원할 것 같은 그 촉각을 따라
그것들을 잠재우려 또 눈물의 길을 좇아 가기도 했다
모든 눈물의 길의 끝에는 그래도 언제나
나의 사랑이 기다리고 있었다

* 러시아 시인 푸시킨의 시 「삶이 그대를 속일지라도」.

이별 연습
—여행 중인 딸에게

새벽엔
안개비로 젖어 오더니
때로는
적막함으로 나를 흔든다

부메랑처럼
보내 버린 모습들은 돌아오고
에펠탑의 엽서엔
그리움으로 가뭄 타는
이야기만 묻어 있다

뻐꾸기시계가 하루를 모두 쪼아도
잠들 수 없는 이 밤
어둠을 달리는
바람 소리만 듣는다

시가 되지 않은 시

내 책갈피 속에서 바래 가던, 만지고 만져 닳아 버린 말들

"빈 외양간엔 겨울바람이 돌아와 언 몸을 녹이고
마지막으로 팔려 가던 송아지의 방울 소리가 별로 떴다"

"만져지지 않는 모든 것들의 형체
새 떼처럼 날아올라 새벽하늘을 닦고
오렌지 같은 작은 태양이 떠오르고 있다"

"서리 밭에 마늘씨를 심는 어머니
꽃씨는 겨울에도 눈을 뜨겠지"

오래된 생각들을 버릴 수 없다
텅 빈 내 눈 속을 순간순간 밝혀 주었던
시가 되지 않은 시를 버릴 수가 없다

가습기

건조한 바람이 불어올 때
그는 꿈을 꾸지
가장 부드러운 폭력을

한 방울의 눈물이
어둠을 점령해 가면
메마른 우리의 뿌리는
잠을 털고 일어서지

세상이 축축해져 갈 때
그는 숨을 죽이지
우리가 제 빛깔로 돌아와 눕기를 기다리며

한 방울의 피가
숲을 물들일 수 있다고
소리 없이 온몸으로 속삭여 주지

그는 정적만을 배경으로
잠들 때도 있지
차가운 눈빛

따뜻한 바다으로 가라앉을 때
투명한 모습으로 우리들 몸이 되지

팔월

숨고 싶다
푸르름이 익어 떨어지는
풍경을 지우고
금속성의
매미 울음을 버리고
가끔씩 내 곁에
찬양의 머리카락이 풀리는
안개, 너마저 떠나
섬광처럼 가고 싶다 늘
절정의 중심 밖에 서고 싶다
안으로, 안으로만 피는
투명한 꽃이고 싶다

전환

책상 위에서
무심히 고개를 들었을 때
순간
창밖의 시간이 툭, 끊어졌다
땅속으로 잦아들던 하루가
가볍게 수직으로 일어섰다
새 한 마리 날다 공중에 박혀 버리고
빌딩 속으로 끌려 들어가는 소음이
들리는 듯했다

창틀에 걸려 있는 길
그 끝에
토마토 같은 해가 위태롭게 업혀 있다
그 무게에 길 끝이 조금씩 올라간다
그때
눈 속에 갇힌 세상이 잠깐 흔들렸다
속눈썹 사이로 초침이 쏟아지고
붉은 셀로판지로 코팅된 진공의 세계가
천천히 어둠 속으로 풀어지고 있다

변기

투명한 수면 위로
온갖 껍질들이 쏟아져 들어온다
밭고랑을 일렁이던 푸름이었을
깊은 수심의 번뜩이던 눈이었을

어느 뱃속에서 양분이 빨려 버린
빈껍데기로 남아 떠다닌다
막무가내 풀어진다
어둠 속에서 다시 어둠으로 떨어질 그들
그 쓸쓸함을 아무도 품어 주지 않는다

넘치지 않는 세상
변하지도 터지지도 않는 세상

폐지처럼 살며 폐지를 줍지만
미끄러운 벽은 다시 오를 수도 벗어날 수도 없다
조각난 하늘에 문 하나 열어 두고
개미의 행렬처럼 어두운 골목을 내려갔다
다시 올라간다
누군가의 살이 되고 뼈가 되었길

되돌아갈 푸른 들, 푸른 물 꿈꾸며
무게를 다 잃어버린 그들은 무릎 꿇고 기도한다

섬

외로움을 모르고 외로워졌다

슬픔을 모르고 눈물 속에 산 것처럼

고통이 내 몸을 빼앗아 갈 때까지

고통인지 모르고 아팠다

차가운 손이라도 잡고 싶은 날

손들은 너무 멀리 떨어져 있다

어쩌다 이곳에 홀로 떠 있을까

파도

안개도 가슴이 젖는 아침
나뭇잎은 네 숨소리에 맞추어
하나둘 조용히 떨어진다

끝이 보이지 않는
벼랑 끝 어디쯤에서 너는
몸을 웅크리고 앓고 있다
온몸이 부서지는 비명 소리
먼 시간을 건너와 나에게 닿는다

누군가의 때에 전
젖혀진 커튼
창틀은 감나무와 너의 숨소리를 액자처럼 걸어 둔다

먼 길 달려와
눅눅한 곰팡이 냄새 속으로 숨어 버린 파도
아주 먼 어딘가로 떠나는 인사처럼
축축한 습기를 건네며 방 밖으로 사라진다

노을

어머니를 산에 묻고 온 다음
어머니의 맷돌이 내 속에서 자꾸만 돌았다
비 갠 뒤
어린 잠자리 떼 높게 날며 맷돌 속으로 떼 지어 들어왔다
그것들이 터져 붉은 피를 산봉우리에 끼얹었지만
멈추지 않고 계속 돌았다

휘파람새가 운다
휘- 휘- 어머니의 숨소리로 운다
소리곳에 가면 만날 수 있을까
괜찮다 괜찮다 괜찮다
먼 산을 달려온 끊어질 듯 이어지는 휘파람 소리

─얘야 가슴 위 맷돌 좀 내려 줘
숨차, 숨차 방바닥을 긁던 어머니의 손톱
핏속으로 하늘이 또 젖는다

단풍

감나무에 열렸던
작은 불씨가
들을 태우고 산을 태우고
멀리 하늘을 태우고 있네

바람에 눈 뜬
은빛 억새꽃
길을 찾아 달리고

어둠을 물고 온
저녁 까치 소리가
깨질 것 같네

꿈틀꿈틀

살아 있는 것들은 꿈틀꿈틀
살아남으려 꿈틀꿈틀

병원 마당에 쏟아지는 눈빛들
땅속으로 스미며 마지막 꿈틀꿈틀

내 머릿속 검은 벌레
통통하게 살쪄 가며 꿈틀꿈틀

보이지 않는 나
보이는 나를 깔고 앉아 꿈틀꿈틀

검은 점 속 모두가 꿈틀꿈틀
살고 싶어서 꿈틀꿈틀 꿈틀꿈틀

2월의 목련

곡선의 문은 꼭 닫힌 채 공중에 박혀 있다
그 문의 배경인 하늘도 문 속으로 들어설 수 없다

둥그런 문 속엔 태아의 잠이 있다
잠 속의 꿈은 깊고, 꽃도 나비도 아직 그곳에 머문다

하얀색 빛깔 뿌리부터 꽃망울까지 흐른다
향기의 씨앗도 실핏줄 끝까지 함께 흐른다

아기의 입김 같은 온기가 나뭇가지를 숨차지 않게 오르고
발자국에는 푸른색이 설핏하다

버짐 같은 겨울의 흔적들
녹은 눈의 색깔마저 하늘색이다

하늘 속 보이지 않는 커다란 손
날카로운 침 하나씩 꽃망울 끝에 꽂는다
흔들리지 않는 중심이 꽃망울마다 하나씩 생긴다

꽃들의 생이 시작된다

제4부

줄콩

공중에 매달려 노란 꽃이 피었다
아직 푸른 배경엔 콩알만 한 울타리가 둘러쳐 있다
동글동글한 울타리는 나무를 기어오르는 손 손 손
심심한 바람이 건드려 보기도 하고 솜털 송송 작은 벌레
가 입을 대 보기도 한다

엄마 꽃 좀 봐 참 이뻐
엄마 손을 흔들며 애기가 속삭인다
어머 우리 아가만 한 꽃이 피었네
엄마는 콩꽃보다 큰 웃음을 웃는다

잔뜩 부푼 꽃은 세상의 중심이 된다
열매 속에 넣어 줄 이야기 하나 기억한다

벽화

벽 속에 들어간 꽃이 나오지 못한다
꽃의 배경인 초가집, 초가집 옆 나무도 나오지 못한다
초가집 주인은 씨리 울타리 옆에서 닭 모이를 주고 있다
계속된 노동에 얼굴이 점점 바랜다
살찐 닭의 몸통, 쉬지 않는 먹이로 몸의 안과 밖의 경계
가 흐릿해진다
희석돼 가는 햇빛과 하늘이 충충하다
〈꽃이 있는 풍경〉이란 제목도 제 역할 밖의 일이란 듯
의미를 지워 가고 있다

아이들이 담 옆을 뛰어간다
익숙한 듯 벽을 바라보지 않는다
덧칠한 흔적을 없애 줘, 아니 나가고 싶어
목소리마저 희미한 벽 속의 세계가
멀어져 가는 아이들에게 외친다
꽃은 꽃처럼 하늘은 하늘처럼 사람은 사람처럼 닭은 닭처럼
더. 더. 더. 간결하고 확실해야 해
처음 들어간 길목에서 마주친 벽화 내 뒤를 따라온다

어느 날

외로움은 견디는 것이라 하지만
견딜 수 없는 날이 점점 많아지는걸

이 세상 살아 있는 것들은 다 외롭다 하지만
나 아닌 모든 것들은 행복해 보이는걸

귀 막고 눈 감으면 따뜻한 마음들이 보일 거라 하지만
느끼기도 전 내 심장 속으로 불쑥 고드름 같은 말들이 들
어와 찌르던걸

생을 마치는 노을은 마지막이 외로워 피를 토하는 거라는데
입이 있는 나는 목구멍 반쯤 올라온 피 같은 말을 토하고
싶은걸

내 마음과 몸을 연결한 녹슨 철사 줄
주렁주렁 매달린 약병들이 서로 부딪혀 시끄러운 날

골목을 지나는 바람을 따라가고 싶은 어느 날

뫼비우스의 띠

먼 옛날 나는 나무였을까?

몸통과 팔을 지나는 나이테의 흔적

전류처럼 흐르다 머리끝에서 돌아 나가는

돌아서 발끝에서 사라지는 미세한 연필 선 긋기 같은 거

그것을 따라 동이 틀 때까지 헤맨 적이 있었지

롤러스케이트를 타고 부드러운 곡선을 따라갔었지

푸른 잎사귀가 반짝이며 몸을 뒤집기도 하고 머리카락처
럼 펄럭이기도 했어

그러나 치켜든 두 팔 사이로는 아무것도 없었지

당기거나 밀거나 아님 먼지나 바람이나 햇빛이나…… 그
런 것들

무한한 곡선과 고요만 있었지

길의 시작과 끝이 없어 닿을 곳이 없었지

땅은 하늘이 되었다 하늘이 땅이 되었다

나는 서서히 도는 풍차처럼 소리 없이 돌고 있었지

반짝이는 어린 잎사귀의 웃음소리가 들리기도 했어

내 몸속에서 계속 긋고 있는 연필 선이 심장을 지나 갈비
뼈 사이를 지날 때

어쩔 수 없이 큭큭 웃을 수밖에 없었어

간지럽고 사랑스러운 오래된 기억이 떠오르는 거지

어쩜 내가 나무였을 때 내 몸속에서 놀던 나비나 바람 햇빛이
내 껍질 밖의 모습을 잠깐 보여 준 것 같아

먼 옛날 나는 무엇이었을까?
부드러운 곡선과 알 수 없는 향기만 가득한
반짝이는 별을 따라 돌다가 오직 소리가 이끄는 곳으로 찾
아가는

10월, 서해에서

바닷새는
긴 발자국만을 벗어 놓고
보이지 않는다
등뼈를 드러낸 소나무들 사이
바람의 길을 따라
앉았다 날아가는 검은 비닐봉지들
그 까마귀 떼 아래
목선이 두 척 마침표처럼
점, 점이 발이 묶여 있다
제 깊이로 삭아 가는 그들
아직 꿈꾸고 있는 걸까
가슴에 쑥부쟁이 억새풀 키우며

파도에 밀려온 게 한 마리
없는 길을 만들며 바다로 향하고
삭은 태양이 삭은 내 발등을 덮는다

돌아서는 길
모래바람이 불 것 같은 수평선
그 너머에서 달려온 듯 파도가

떨어지는 태양을
힘겹게 밀어 올리고 있다

휴식

주먹 안에 쥐고 싶었던 너
쥐면 쥘수록 손가락 사이로 빠져나가던 너

잴 수 없는 무게와 부피로
짙은 눈썹 아래 불꽃을 키우던

내 눈빛이 너에게서 돌아오는 동안
돌아와 그림자를 지우는 동안

맨발인 너 얼음 위에 서 있네
얼음 속 타는 불길을 들여다보네

손을 활짝 열어 너를 풀어 주고
남은 냄새마저 털어 버리고

오래전 죽은 엄마 젖가슴이나 만지며
태아처럼 우주인처럼 비워 버린 내 몸 가벼워져
무중력 속을 떠다니네

들리지 않는 소리로 다시 내 귀를 건너오는 너

보이지 않는 모습으로 불붙은 성냥개비 자꾸 던지네
또다시 내 손안에 가득 찬 너

보내고 또 보내도 되돌아오는 너
돌아오는 곳 언제나 내 마음속인 거 몰랐네
열리지 않는 문 속에 마음을 가두고 그 문도 잊어버리고
그리고 다시 무중력 속을 떠다니네

편지

백지를 앞에 놓고 몇 시간째
내 속에서 녹아 버린 단어들과 씨름 중이다

꺼내면 송곳이 될까 봐 칼날이 될까 봐
되돌아가 네 살 속을 헤집을까 봐

날개를 자르고 주둥이를 자르고
누르고 눌러 오랫동안 묵혀 온 형체를 알 수 없는 단어들

너에게 하고 싶은 말 많아서일까?
되돌려주고 싶은 말 많아서일까?
형체가 없는 단어들은 말이 되지 않는 말

꿰맬 수 없는 상처 속으로 송곳처럼 파고들던 너의 말
새롭게 싹이 나는 그 말
아직 읽을 수 없는 의미를 좀 더 기다려야 할까
파란 잎이 되도록 눈 맞춤 해야 할까

부서질 듯 물기 없는 손을 내민다
천천히 사라져 버린 푸르름 또 그 속의 모든 것들

내 핏줄을 타고 돌던 뱉지 못한 모난 단어

이제는 삭아 들려줄 수 없는

친구들의 수다

병들지 않은 것이 어디 있니
보이지 않는 그늘진 곳 어딘가 분명 찍힌 자국 하나쯤 있을길

그래도 공평하지 않아 참을 수 없어 너무 아파

아프지 않은 것이 어디 있니
고통을 멀리 두려는 것뿐이야 늘 되돌아오지만 다시 보내야지

그럴수록 더 강해지는걸, 점점 커지는 그림자에 눌려 버리거든

그대로 살아야지 땅속 끝까지 밀리진 않을 거야

발목부터 침몰하는 느낌 모를걸 잠 속에서도 버둥거려

아주 편한 잠은 영원히 깨어나지 않는 거야 좋은 버둥거림! 너 알아?
새가 하늘 속에 박힌 듯 떠 있는 거 참을 수 없는 고통 때

문이래

　우주 끝까지 날아갈 수 없잖아 무중력의 탄성이 숨을 막
아 버릴 걸

　불덩이 속 무중력 겪어 봤어 머릿속 커지는 흰 점들보다
덜 힘들어

　그래 점, 점이 머리부터 빼앗아 가지, 생각부터 점령해
몸을 지배하지

　그래서 억울해 내 생을 넘겨줄 수 없어 나를 그 점 따위
에 뺏길 수 없어
　마음과 몸이 같이 살고 싶어

　복잡해 그만 스톱 분명한 거 우리 이렇게 시끄럽게 살아
있잖아 그게 중요해 다들 좀 그 – 만 조 – 용 – 히

사랑니를 앓으며

다시 속앓이를 한다
오래된 생채기가 들고 일어난다
부메랑처럼 돌아와 젖을 돌게 한다
한 모금 찬물도 넘길 수 없게 한다

모른 척 외면한 사이
점점 횡포가 심해진다
목구멍 속으로 넘어간 모든 내력을 까발리겠다고
핏대 세워 쑤셔 댄다
잠 속까지 따라와 칼질을 해 댄다
혓바닥으로 감싸 안기는 작은 몸뚱어리가
내 몸을 통째로 흔들어 댄다
인연을 내세워 끈질기게 물고 늘어진다
—날만 새 봐라 굽 빠진 구두 버리듯 빼 버리겠다
내 으름장에도 발악이 심해진다

아침부터 반란을 일으키지 않고 사랑 흉내를 내고 있다
은밀한 진통제의 뒷거래를 아무도 모른다
귀에 살던 죽은 그놈의 울음소리는 몸속 어느 곳에서 자
고 있다

그놈을 숨긴 채 나는 하얀 앞니를 드러내고 누구에게나
웃어 준다

12월 31일의 일기

떠나자
마지막 줄을 끊고

백지로 돌아와
내 키만큼 키우리라던
깃발은 침몰하고
한 장씩
넘겨진 시간의 조각들만
촘촘히 웃고 있다

메아리 없는 목소리
하얗게 날려 보낸 하늘엔
꿈이 돋아나고 있다

다시 돌아갈 시간
묻혀 버린 계절을 남겨 두고
저무는 빈 들로
아침을 기다린다

허수아비가 있는 풍경

상처가
아름다운 계절엔
빈 들에 찾아오는
상한 것들의 그리움

깃발 같던 함성은
흙으로 돌아가고
죽어도 죽지 않는 미소가
햇빛 속에 빛나고 있다

이제, 가득 차 오는
사라진 것들의 꿈
가슴 가득 안아 본다

2월의 마지막 날 풍경

깊은 냉기 속에 숨어 있던 온기들
유형지를 벗어난 납작한 개구리들이 등에 지고 연못으
로 뛰어든다

어둠을 뱉어 내는 개구리의 꽈리 부는 소리들
소리의 중심으로 모아진다

아직은 조용한 햇살과 바람과 색깔들
소리만이 마당을 팽팽하게 채운다

연못 가운데
중심은 녹지 않고 깃발보다 더 단단하게 흔들리지 않는다
투명한 것들은 두껍고 딱딱한 모양을 만들 수 있는 것일까
스스로 몸을 푸는 마음결을 아직 찾지 못한 것일까
녹지 않은 얼음 위엔 부들이며 마른 풀들이 허리 꺾인 채
시끄러운 울음 속에 서 있다

마른 풀의 뿌리쯤 물고기들은 조용히 숨 쉬고 있겠지
살 속 깊이 박혔던 얼음 조각들 밀어내고 있겠지
작은 목숨 찾으려 눈 뜨고 있겠지

\>

계절의 경계가 흐려진 혼란한 것들이 떠도는 마당

여러 겹의 생각들이 같이 떠돈다

달의 무릎 아래

산과 산의 골짜기를 지키는 달이
형광빛 우주선 같아
하!
고개 돌릴 수 없네

골짜기 속
슬픈 것들이 빨려 들어가고
점점 커지며 밝아지는 달
나는 말을 할 수 없네

가리키는 내 손가락만 달그림자 속으로 마냥 들어가고
발을 굴러도 목에 걸린 목소리 튀어나오지 않네

갑자기 찾아온 달도 아닌데
갑자기 덮친 그림자도 아닌데
형광빛 몸짓들을 해독할 수 없네

달의 무릎 아래
엎드려

귀 닫고 눈 닫고 입 닫고
또 내 방문을 조용히 닫네

남과 여

너의 말은 하늘을 달린다
나의 말은 땅속을 달린다
거침없이 쏟아지는 하늘의 말은 지켜야 할 나의 우파니
샤드
땅속의 말은 토해 낼 수 없는 파묻힌 어둠의 말
아버지 뱃속에서부터 채워진 고삐, 날아오를 수 없는 말

구름 위의 말갈기는 햇빛 속에 빛난다
잘 드러나는 단련된 근육과 미끄러지듯 흐르는 곡선의 등
오랫동안 길들여진 모습만으로 너의 꿈과 닿아 있다

땅속의 말은 더듬이에 의지한다
쏟아져 들어오는 입속의 어둠을 잊지 않고 토해 내야 한다
멈출 수 없는 질주는 생이 끝날 때까지 계속된다
어둠의 꿈은 모두 어둠으로 채색된다

같이하며 같이하지 않고 따로인 채
만날 수 없이 길항하는 경부선 철로가 되어 덜컹거리며
달려온 길
너와 나의 시간이 켜켜이 쌓인

바라보면 눈물과 미소가 함께 오는
여기는 어디쯤일까?

몸살 앓기

나는 지금 사막의 가운데를 통과하고 있다

투명한 창의 경계를 건너지 못하는 화분 속 선인장
링거액과 같이 내 핏줄을 돈다
빳빳한 가시 곳곳에서 찌른다
깊이 가라앉았던 감각 코드들 팽팽하게 일어선다
무한으로 부풀어 오르는 모래언덕
공깃돌을 던지듯 누군가 모래 실은 트럭들을 던진다
모래언덕을 굴러와
한 톨의 흙먼지까지 탁탁 털어 내는 덤프트럭들
엔진 소리 요란하게 귓속을 나가지 않는다
빗소리 엔진 소리 뜨겁게 달아오른다
아른아른 사막의 신기루 속으로 포크레인 떼 지어 들어온다
뿌리 없이 허공에 흔들리던 유채꽃밭 무쇠 바퀴에 짓밟힌다
노란 분가루를 날리며 나비 떼가 날아오른다
붉은 나비들 행글라이더만큼 커져서 눈 속을 파고든다
졸아붙은 햇덩이가 몸속에서 풀어지고
마당가 쉰밥 덩이같이 뒹굴던 눈[雪]
빗물에 점점 풀어진다

돌아갈 수 없는, 돌아가야 할 시간
—여수니의 시 세계

유성호(문학평론가, 한양대학교 국문과 교수)

1. 궁극적 존재 전환의 꿈

여수니 시인은 강원도 춘천에서 출생하여 서울예술대학 문예창작과를 졸업한 후 단정한 목소리 안에 강인한 삶의 의지를 숨긴 시편들을 30년 이상 써 왔다. 이제 그것을 한데 모아 '시인 여수니'의 고유한 표정과 음색을 담은 첫 시집 『칼은 여전히 조용하다』로 선보인다. 아득하지만 너무도 반가운 소식이다. 외관으로만 보면 그의 시편들은 시간에 의해 낡아 가지만 사라질 수 없는 것들을 생성해 내는 기억의 결실로 다가온다. 자신의 몸에 새겨진 수많은 시간의 심층을 되살려 내면서 그는 오랜 기억을 통해 자기 기원에 대한 애착으로 언어를 옮겨 간다. 지나간 시간을 남김없이 그리

워하면서도 가장 깊고 오랜 존재론적 기원을 유추해 감으로
써 현실 상황을 견디고 받아들이고 끝내 견인해 가는 것이
다. 이러한 과정을 통해 시인은 삶의 근원적 이법理法에 대
한 자각을 거쳐 궁극적 존재 전환의 꿈을 노래해 간다. 그것
은 속악한 것을 멀리하고 신성한 존재에 가닿으려는 정신적
노력이기도 하고, 이미 사라져 간 것과 새삼 그리워지는 것
을 결합하려는 과정을 포괄하는 예술적 적공積功이기도 하
다. 이제 그가 처음 세상에 내놓는 그러한 미학의 세계 안
으로 한 걸음씩 들어가 보도록 하자.

2. 고독과 소멸의 형상을 통해 만나는 존재의 본질

원래 서정시는 시인 자신의 정서와 사유를 고백적으로 들
려주는 언어예술이다. 아닌 게 아니라 시인들은 스스로의
꿈과 경험 사이에 관한 상상적 기록을 멈추지 않고, 그만큼
서정시의 저류底流에는 시인 자신이 겪어 온 절실한 경험 가
운데 가장 깊은 기억의 지층地層이 녹아 있게 마련이다. 여
수니의 작법作法에도 이러한 근원적 흔적들이 삶의 마디마
디에 들어 있고, 시간에 대한 성찰을 통해 자신의 존재론을
상상해 가려는 기율이 녹아 있다. 시인은 오랜 시간이야말
로 가장 원초적인 존재론적 근거임을 증명하고 있는 셈이
다. 단아하고 응축적인 형상 안에 그 절실함과 진정성이 잘
전해지고 있다. 다음 시편을 먼저 읽어 보자.

외로움을 모르고 외로워졌다

슬픔을 모르고 눈물 속에 산 것처럼

고통이 내 몸을 빼앗아 갈 때까지

고통인지 모르고 아팠다

차가운 손이라도 잡고 싶은 날

손들은 너무 멀리 떨어져 있다

어쩌다 이곳에 홀로 떠 있을까

　　　　　　　　　　　　　　　—「섬」 전문

　이 시편을 구성하고 있는 정서적 감염원들은 '외로움-
슬픔-눈물-고통-아픔-차가움'으로 연쇄적 그물망을 짜
고 있다. 외로움도 슬픔도 모르고 눈물 속에서 살아온 '섬'
은 고통이 몸을 빼앗아 갈 때 그 통증조차 몰랐다. 이제 차
가운 손이라도 잡고 싶지만 잡아야 할 손들은 멀리 떨어져
있을 뿐이다. 그렇게 홀로 떠 있는 '섬'의 상황은 단독자로
서의 실존적 함의를 전해 주고, 시인은 이러한 고독과 슬
픔의 고백 속에서 스스로의 가장 외로된 정서적 정황을 암

시하고 있다. 우리는 그가 겪어 가는 생이 언제나 "사막
의 가운데를 통과"(「몸살 앓기」)하는 것이며 "누구와도 어느
곳에서도 섞이지 않는, 어울리지 않는"(「동네 한 바퀴 셀카」)
것이었음을 알게 된다. 그야말로 '절대 고독'이다. 다음
은 어떠한가.

> 안개도 가슴이 젖는 아침
> 나뭇잎은 네 숨소리에 맞추어
> 하나둘 조용히 떨어진다
>
> 끝이 보이지 않는
> 벼랑 끝 어디쯤에서 너는
> 몸을 웅크리고 앓고 있다
> 온몸이 부서지는 비명 소리
> 먼 시간을 건너와 나에게 닿는다
>
> 누군가의 때에 전
> 젖혀진 커튼
> 창틀은 감나무와 너의 숨소리를 액자처럼 걸어 둔다
>
> 먼 길 달려와
> 눅눅한 곰팡이 냄새 속으로 숨어 버린 파도
> 아주 먼 어딘가로 떠나는 인사처럼

축축한 습기를 건네며 방 밖으로 사라진다

—「파도」 전문

이번에는 '섬'을 감싸안는 '파도'가 주인공이다. 여기서
'파도'는 2인칭 대상으로 설정되어 누군가의 목소리를 듣
고 있다. '파도'가 거느린 동사군群은 '떨어지다—앓다—부서
지다—숨다—사라지다' 같은 술어들이다. '섬'이 견고한 고
독의 형상이라면 '파도'는 유동적인 소멸의 형상인 셈이다.
파도의 아침 숨소리에 나뭇잎은 떨어지고, 파도는 벼랑 끝
어디쯤에서 웅크린 채 앓고 있다. "온몸이 부서지는 비명
소리"가 먼 시간을 건너와 '나'에게 닿는 순간을 시인은 기
록한다. 그렇게 먼 길 달려와 곰팡이 냄새 속으로 숨어 버
린 '파도'는 '나'에게 습기만 건네고 방 밖으로 사라져 버린
다. 낮과 밤을 관통하면서 숨겨진 비명 소리로 존재하다가
사라져 버린 '파도'는 그 자체로 "밀어낼수록 바깥에 머물
며 나를 감싸고/오히려 바라볼 수 있는 어둠"(「병病과 병瓶의
통로」)을 암시하면서 "반짝이는 별을 따라 돌다가 오직 소리
가 이끄는 곳으로 찾아가는"(「뫼비우스의 띠」) 모습을 함축하
고 있다 할 것이다.

본디 서정시는 우리 삶이 이성에 의해 일사불란하게 균
질적으로 진행되는 것이 아니라 새로운 상상적 질서를 구축
해 가는 속성을 띤다는 것을 알게 해 준다. 그 밑바닥에는
잃어버린 삶의 위의威儀를 회복해 보려는 시인의 열망이 흐
르고 있기 때문이다. 여수니 시인은 어둑한 실존과 새로운

희망의 역설逆說 사이에서 궁극적 삶의 형식을 완성하고자 하는 언어의 사제司祭로 우뚝하다. 시인으로서의 자기 확인이라는 일차적 욕망을 넘어 궁극적 삶의 형식을 완성하려는 보다 큰 뜻을 가진 존재로 거듭나고 있는 것이다. 그렇게 그의 시는 오래된 기억을 통해 존재에 대한 경험을 치르는 상상적 과정을 보여 줌으로써, 고독과 소멸의 형상을 통해 만나는 존재의 본질을 선명하게 내비친다. 결국 '섬/파도'가 보여 주는 구심과 원심, 외로움과 사라짐, 형상과 소리가 결속하면서 흘려 주는 이미지들이 삶의 모순적 속성을 잘 보여 주고 있다 할 것이다.

3. 원형성과 영원성을 결합해 가는 그리움

나아가 여수니 시인은 자신의 기억 속에 깃들인 존재론적 기원[origin]을 찾아 나서는 품을 보여 준다. 이때 우리는 삶의 한 원형[archetype]을 탐색하려는 시인의 열망을 만날 수 있는데 시인은 그 원형에 대한 기억을 통해 이제 우리가 현실에서는 되돌릴 수 없는 순수 세계를 착색해 간다. 직접성으로 겪었던 스스로의 시간을 충일하게 재현해 간다. 이때 '기억'이란 동일성에 대한 사유와 감각에 의해 구축되는 원리일 것인데, 시인은 시간을 돌아보는 과정에서 그 이면에 존재하는 파동을 세밀하게 포착해 간다. 그럼으로써 원형성과 영원성을 결합해 간다. 시인이 그러한 회귀적 언어를

풀어놓는 공간이야말로 언젠가 한없는 빛을 뿌리던 지난날
과 등가를 이루는 원초적 세계일 것이다.

　　어머니를 산에 묻고 온 다음
　　어머니의 맷돌이 내 속에서 자꾸만 돌았다
　　비 갠 뒤
　　어린 잠자리 떼 높게 날며 맷돌 속으로 떼 지어 들어왔다
　　그것들이 터져 붉은 피를 산봉우리에 끼얹었지만
　　멈추지 않고 계속 돌았다

　　휘파람새가 운다
　　휘– 휘– 어머니의 숨소리로 운다
　　소리곳에 가면 만날 수 있을까
　　괜찮다 괜찮다 괜찮다
　　먼 산을 달려온 끊어질 듯 이어지는 휘파람 소리

　　—애야 가슴 위 맷돌 좀 내려 줘
　　숨차, 숨차 방바닥을 긁던 어머니의 손톱
　　핏속으로 하늘이 또 젖는다

　　　　　　　　　　　　　　　　—「노을」 전문

　　노을은 하루의 열기와 빛을 지상으로 쏜 태양이 차츰 스
스로의 존재를 감추어 가는 마지막 순간을 함축한다. "어머

니를 산에 묻고 온 다음"이라는 시간은 이 작품이 바로 그 노을의 순간을 담은 기억의 도록圖錄임을 암시한다. 어머니를 보내 드리고 온 다음 시인의 내면에 "어머니의 맷돌"이 자꾸만 돌고 있다. 비 갠 뒤에 높게 날아다니는 어린 잠자리 떼들이 맷돌 속으로 들어오고 마침내 그것들이 터져 붉은 피를 산봉우리에 얹는다. 그렇게 멈추지 않고 돌면서 붉은 노을을 파생시킨 맷돌은 이내 휘파람새의 울음소리를 어머니의 숨소리로 이어지게 한다. 끊어질 듯 이어지는 휘파람 소리로 가슴 위 맷돌을 내려 달라는 어머니의 손톱 아래 핏속으로 저쪽 하늘이 젖고 있다. 그때 시인의 눈망울도 천천히 젖어들고 있었을 것이다. 그렇게 존재론적 기원인 어머니는 "잴 수 없는 무게와 부피로/ 짙은 눈썹 아래 불꽃을 키우던"(「휴식」) 생애를 마치시고 "보이지 않는 그늘진 곳 어딘가 분명 찍힌 자국 하나쯤"(「친구들의 수다」) 남기신 채 서쪽 하늘로 자리를 옮기신 것이다. 「노을」은 그러한 그리움의 힘이 '맷돌─잠자리 떼─노을'의 이미지로 이어져 간 아름다운 작품일 것이다.

　　석회석 바위산에서 먼지 날리는 종소리가 울린다
　　들리지 않는 종소리
　　그 종소리 울리면 떡갈나무 걸어와 등을 덮친다
　　달아나던 폭포의 비명
　　검은 이빨로 달려든다

아버지와 함께 지나온 산도産道

—양치기는 날개가 없어도 날아야 한다

아버지, 등을 후려치며 세상 속으로 몰아낸다

양 떼가 바람을 안고 언덕을 오른다

여섯 살 가비노의 종아리로 양 떼 뒤를 따른다

뿔뿔이 흩어지는 양 떼

작은 보폭으로 숨차게 따른다

아버지 더욱 거칠게 등을 후려친다

—빨리, 더 빨리 날아라

울리지 않는 종소리 들린다.

　　　　　　　　　　　　—「빠드레 빠드로네」전문

　또 다른 기원의 한쪽인 '아버지'를 향해 시인의 그리움
은 이월해 간다. '나의 아버지, 나의 주인'이라는 뜻을 담은
「빠드레 빠드로네」는 독학으로 언어학자가 된 가비노 레다
의 자서전을 소재로 만든 영화이다. 아버지의 강압으로 산
에서 양을 치던 가비노는 공부에 눈을 뜨고 더 이상 아버지
는 나의 주인이 아니고 자신은 자신의 삶을 살 거라고 외치
며 집을 떠난다. 그는 자신의 삶을 억압한 아버지의 힘에
굴복하지 않고 스스로의 길을 걸어간 것이다. 그 영화 제목
을 취한 이 시편에서 화자는 먼지 날리던 석회석 바위산에
서 울리던 들리지 않는 종소리 폭포의 비명을 떠올린다. 그

에 겹쳐 "아버지와 함께 지나온 산도産道"가 등장하는데, 이때 산도는 양을 쳤던 '산도山道'를 환기하기도 한다. 양치기는 날개가 없어도 날아야 한다며 등을 후려치시던 아버지와 여섯 살 가비노의 모습이 보이고, 이제 뿔뿔이 흩어지는 양 떼 사이로 더욱 거칠게 등을 후려치던 아버지의 울리지 않는 종소리도 들려온다. 여기서 영화 속 가비노의 아버지와 현실 속 시인의 아버지는 꼭 동일화된 주인공으로 등장한다고 볼 수는 없다. 다만 영화 속 아버지가 '양치기 가비노'에게 강제했던 타율적 삶과는 달리 시인은 날개가 없어도 빨리 날아야 함을 권면했던 아버지의 말씀을 환청처럼 듣고 있을 뿐이다. 이때 '아버지'는 "바라볼 수 있는 길과 내 몸을 열어 길을 만드는 소리"(「병病과 병瓶의 통로」)와 "누군가/ 소리를 내지 않으려 작게 움츠리는 소리"(「2월, 봄인가?」)를 선연하게 들려주시고 있는 것이다.

　이처럼 자기 기원에 대한 시인의 강렬한 그리움은 "강의 깊이보다/ 더 깊어져 가는 마음 한 자락"(「카페 '호롱불'」)을 우리에게 내비치면서 우리로 하여금 현실에서는 전혀 불가능한 상상적 존재 전환을 꿈꾸게끔 해 준다. 일상적이고 물리적인 현실을 벗어나 전혀 다른 그 옛적 성스러운 시간으로 이동하려는 의지도 한껏 가지게끔 해 준다. 시인은 이러한 확장 과정을 통해 다시 자신으로 돌아오는 회귀적 과정을 밟아 간다. 시인은 자신이 이러한 회귀성과 궁극적 자기 발견을 동시에 욕망하는 예술가임을 입증하고 있다. 그 세계를 때로 단아하고 온유한 목소리로, 때로 단호하고 견고한 목소리로 노래하는 여수니 시인은 존재론적 기원에 대한 그 리움을 통해 이렇게 자신의 언어를 물들이고 스스로 그 언 어에 의해 차츰 번져 가고 있다. 원형성과 영원성을 결합해 가는 그리움의 시학이 이번 시집을 환하게 관통하고 있는 순간이 아닐 수 없다.

4. '시인'이라는 자의식의 간절한 토로

그다음으로 우리는 여수니 시인의 '언어'에 대한 경험과 사유를 만나 볼 수 있다. 이는 시인으로서 가지는 실존적 자의식이라고 말할 수 있을 것이다. 아닌 게 아니라 서정 시는 자기 표현 과정을 통해 시인 스스로의 의식과 무의식 을 첨예하게 드러내는 언어예술이고, 이때 시인이라는 존 재를 구성하는 것은 자신이 겪어 낸 원체험이자 삶을 순간 성으로 파악해 내는 표현 능력이다. 이러한 사유와 감각이 다양한 문양으로 번져 가는 이번 시집은 그 점에서 지성적 이고 상징적인 차원을 동시에 지향하는 언어적 거소居所로 우리를 찾아온다. 그렇게 반짝이는 사유와 감각을 통해 여 수니 시인은 스스로 '시인'이라는 자의식을 간절하게 토로 하고 있다. 융융한 마음 씀의 순간이 거기에 농울치고 있 을 것이다.

누구의 눈물에도 젖지 않은 무인도

밤이면 떠올라 무채색의 하늘을 지키다

태양의 눈 속으로 숨어 버린다

셀로판지의 별이 되어

작은 바람에도 떠돌지만

슬프도록 아름다운 낮은 창을 찾아다니는

아직은 기쁨도 모르는

키 작은 섬.

—「나의 시」 전문

　　시인은 자신이 상상하고 써 가는 '시詩'를 일러 '섬'과 '별'
의 이미지로 은유하고 있다. "누구의 눈물에도 젖지 않은
무인도"는 "슬프도록 아름다운 낮은 창을 찾아다니는/ 아
직은 기쁨도 모르는/ 키 작은 섬"으로 등가화하면서 시인
에게 자신만의 영토와 슬프도록 아름다운 형상을 가져다
주는 존재자로서의 '시'를 노래하게끔 한다. 마찬가지로 밤
이면 무채색의 하늘을 지키다 태양의 눈 속으로 숨어 버리
는 '별'은 작은 바람에도 떠돌면서 시인의 맑은 눈처럼 지상
에 빛을 뿌린다. 결국 '나의 시'는 고독하고 쓸쓸하지만 자
신만의 언어로 누구와도 닮지 않은 슬프도록 아름다운 창
을 찾아다니는 여정을 담고 있는 것이다. 그렇게 여수니 시
인은 "달빛 한 모금 만들려 휘어진 그 길들"(「자술서」)을 사랑
하면서 "거침없이 쏟아지는 하늘의 말은 지켜야 할 나의 우

파니샤드"(「남과 여」)를 천천히 노래해 간다. 이로써 그는 양
도할 수 없는 '시인'의 영혼을 가진 존재자임을 스스로 증언
하고 있는 셈이다.

　　　　내 책갈피 속에서 바래 가던, 만지고 만져 닳아 버린 말들

　　　　"빈 외양간엔 겨울바람이 돌아와 언 몸을 녹이고
　　　　마지막으로 팔려 가던 송아지의 방울 소리가 별로 떴다"

　　　　"만져지지 않는 모든 것들의 형체
　　　　새 떼처럼 날아올라 새벽하늘을 닦고
　　　　오렌지 같은 작은 태양이 떠오르고 있다"

　　　　"서리 밭에 마늘씨를 심는 어머니
　　　　꽃씨는 겨울에도 눈을 뜨겠지"

　　　　오래된 생각들을 버릴 수 없다
　　　　텅 빈 내 눈 속을 순간순간 밝혀 주었던
　　　　시가 되지 않은 시를 버릴 수가 없다
　　　　　　　　　　　　　—「시가 되지 않은 시」 전문

　시인은 아직 '시가 되지 않은 시'를 내면적 발화로 옮겨 간
다. 그것은 비록 "책갈피 속에서 바래 가던, 만지고 만져 닳

아 버린 말들"이지만 여전히 '시인 여수니'의 언어로서 돌올하다. 가령 겨울바람 속에서 팔려 가던 송아지 방울 소리, 만져지지 않는 모든 것들의 형체, 서리 밭에 마늘씨를 심는 어머니 등은 그 애잔하고 거룩하고 아름다운 독자성으로 스스로 시가 되어 버렸다. 그렇게 오래된 생각들을 버릴 수 없는 시인은 "텅 빈 내 눈 속을 순간순간 밝혀 주었던/ 시가 되지 않은 시"를 붙안고 살아간다. 그러니 '시가 되지 않은 시'일지라도 그것은 이미 '시가 되어 버린 시'이기도 한 것이다. 이처럼 여수니 시인은 마음속 깊은 곳에 "천천히 사라져 버린 푸르름 또 그 속의 모든 것들/ 내 핏줄을 타고 돌던 뱉지 못한 모난 단어"(「편지」)를 간직하면서 "끝없이 흔들리며 돌아오는 생각들"(「불면」)을 각인해 간다. "소리의 중심으로 모아진"(「2월의 마지막 날 풍경」) 경험과 기억을 애틋하게 살려 내면서 "저문다는 건 제 키보다 넉넉한 그림자를 만드는 것"(「등산」)임을 알아 가고 있는 것이다.

결국 여수니 시인은 자신의 시 쓰기를 통해 자기 확인의 절실함 외에도 세계의 근본 이치를 탐구하고 해석해 가는 인지적 충동의 순간도 아름답게 보여 준다. 그 점에서 그의 시는 그만의 은은한 질감과 예기銳氣 그리고 역동적 서정을 함께 품고 있다 할 것이다. 그리고 그는 단순한 도취적 몽환이나 회상을 넘어 내면과 세계를 굳건하게 이어 주는 고유한 서정시의 기능을 완결성 있게 구축해 간다. 이때 시인의 상상력은 단순한 회고 취미나 자연 예찬이나 이념 지향으로 흐르지 않고, 삶의 가장 근원적인 가치들에 대한 탐색

을 오롯이 수행해 가게 된다. 그 예술적 결정結晶이 바로 '시'
로 현상하면서 '시인'이라는 자의식의 간절한 토로 과정으로
나타나고 있는 것이다.

5. 각양의 존재자들을 삶의 역리逆理로 묶어 주는 기율

모든 생명체는 고유한 유한성으로 인해 서서히 소멸해 간
다. 시인들은 이러한 불가피한 생명의 존재 방식에 대한 섬
세한 사유를 펼쳐 간다. 물론 우리는 모든 소멸 양상에 또
다른 생성의 기운이 숨겨져 있음을 잘 알고 있다. 아니 소
멸의 이면에 반드시 생성의 기운이 잉태되어 있다고 말해
야 할 것이다. 결국 시인들은 자신의 시 안쪽으로 지상에서
의 짧은 존재와 기나긴 부재, 그리고 필연적 결핍 같은 것
들을 초대하고 육화한다. 하지만 그러한 상실감에도 불구
하고 시인들은 잃어버린 시간이나 대상에 대한 한없는 그리
움을 통해 소멸의 자연스러움을 받아들이는 지혜를 들려주
기도 한다. 여수니 시인은 이러한 삶의 역설을 통해 우리가
그저 무심한 단독자로 살아가는 것이 아니라 소멸의 필연
성 속에서도 삶의 역설적 가능성을 탐구해 가는 마음의 소
유자임을 암시해 준다. 말할 것도 없이 그 가능성은 사랑에
의해 무한히 확장되어 간다. 그 확장의 순간을 탐색해 가는
시인의 모습이 선명하게 다가온다.

칼은 조용하다
어둠을 등진 채 환하다
내 손이 손잡이에 닿는 순간
칼은 내 마음속으로 들어온다

붉은 껍질과 흰 칼날은 친숙하다
사과의 부드러운 곡선과
날카로운 직선이 둥글게 둥글게 같이 돈다
달콤한 향기와 칼 속의 어둠이 교차한다

잠깐 날을 세우는 마음
살짝 미끄러진 손가락 속으로
칼날이 파고든다
피부의 근성이 피를 보인다
칼은 여전히 조용하다.

—「칼」 전문

    이 아름다운 작품은 사과를 깎는 과도果刀를 대상으로 하여 시인 내면의 결기와 허기를 동시에 노래하고 있다. 어둠을 등진 채 조용하고 환하게 존재하는 '칼'은 손잡이를 잡는 순간 마음속으로 들어온다. 붉은 사과 껍질의 곡선과 흰 칼날의 직선은 함께 서로를 안고 둥글게 돈다. 이 친숙한 만남은 "달콤한 향기와 칼 속의 어둠"이 교차하는 순간 이루어진다. 하지만 우리는 여전히 "날을 세우는 마음"이 있을 때 손가락 속으로 칼날이 파고드는 것을 경험하곤 한다. 피부에서 출혈을 할 뿐 칼은 여전히 조용할 뿐이다. 곡선과 직선, 붉은빛과 흰빛, 향기와 어둠은 서로 반대편에 존재하는 것이 아니라 "날을 세우는 마음"에 의해 언제든지 한 몸으로 결속하여 파괴력을 가질 수 있는 것이다. 이 작품은 마음이라는 것이 인간의 유한성에도 불구하고 이 모든 역설을 가능하게 함을 알려 주는 명편이다. 아닌 게 아니라 "돌아오는 곳 언제나 내 마음속"(「휴식」)인 것처럼 우리는 "사랑 하나만으로도 충분히"(「우울」) 살아갈 수 있을 것이다. 이 때 "하늘 속 보이지 않는 커다란 손"(「2월의 목련」)도 만나 보게 되고 "위험한 것은 늘 저렇게 빛나던 것"(「블랙홀」)임을 알게 되기도 한다.

　　우리는 그 속으로 돌아갈까?

　　우리가 떠나온, 떠나온 뒤 잊어버린
　　알 수 없는 그곳
　　없음과 있음이 한 몸인
　　냄새도 소리도 눈동자도 뒤엉킨
　　생각도 기억도 촌철의 핏방울에 갇힌
　　멀지만 가까운 그곳
　　말[言]이 태어나기 전, 말이 돌아갈 수 없는

단지 또 다른 색깔이 지배하는

얇은 막이 감싼 세계

어디에도 있고 어디에도 없는 그곳

우리는 다시 그 속으로 돌아갈까?

—「공」 전문

　시의 기원을 존재의 모태에서 찾은 시인은 이제 시의 궁
극窮極을 '돌아감'에서 찾는다. "우리는 그 속으로 돌아갈
까?" 하는 물음이 이러한 태도를 잘 보여 주는데, 말하자면
시인은 "떠나온 뒤 잊어버린/ 알 수 없는 그곳"을 기억하면
서 모든 대립적 실재들이 사실은 한 몸으로 뒤엉킨 "멀지만
가까운 그곳"으로 귀환하려 한다. 말이 돌아갈 수 없는 곳,
"어디에도 있고 어디에도 없는 그곳"은 시의 제목처럼 '공空'
의 세계이기도 할 것이고 다시 돌아갈 수 없지만 돌아가야
하는 시간이기도 할 것이다. 그렇게 우리는 그곳의 "소리들
은 무게가 없어"(「꿈」) 만질 수 없고 "가득 차 오는/ 사라진
것들의 꿈"(「허수아비가 있는 풍경」)이 "절정의 중심 밖에"(「팔월」)
가득한 곳에서 삶을 완성해 갈 것이다. 그렇게 "다시 돌아
갈 시간"(「12월 31일의 일기」)에 우리는 "되돌아갈 푸른 들"(「변
기」)을 꿈꾸면서 "우리의 잃어버린 세월을/ 뒤돌아서 걸을"
(「중년」) 것이다. "돌아갈 수 없는 시간"(「먹고사는 일」)을 거슬
러 "돌아서는 길/ 모래바람이 불 것 같은 수평선"(「10월, 서해
에서」)을 힘 있게 걸어갈 것이다.

이렇게 여수니 시인은 어떤 신성하고 아름다운 시간으로 귀환하는 것의 불가항력성과 불가능성을 강조하면서, 여러 차례 절실하고도 선명한 존재 확인의 순간을 우리에게 건넨다. 그것은 운명이나 섭리의 순간이기도 하지만 오랜 시간 스스로 축적해 온 삶의 어떤 비의秘義랄까 숨겨진 뜻일 수도 있다. 시인은 어떤 정신적 고양을 경험하면서 그것을 존재 전환의 활력으로 찾아오기도 하고 기억의 심층이 세상을 향한 아폴론적 열정과 그 열정으로부터 한순간 비켜나고 싶은 디오니소스적 음영陰影을 동시에 아로새겨 간다는 점을 강조한다. 이는 사물을 향한 시인의 정서와 사유가 세계내적 원리와 화음을 이루고 있음을 말해 주기도 한다. 그 화음이야말로 무한하게 가지를 뻗은 각양의 존재자들을 삶의 역리逆理로 묶어 주는 둘도 없는 기율일 것이다.

　근본적으로 서정시는 시간 경험에 대한 회상 형식으로 쓰이고 읽힌다. 그래서 우리는 서정시와 시간이 불가피한 서로의 원질原質임을 새삼 확인하게 된다. 여수니 시인의 미학적 근간 역시 이러한 시간에 대한 섬세한 회상 형식에 있을 것이다. 그만큼 시인은 원형적이고 훼손되지 않은 시간에 대한 기억이야말로 가장 궁극적인 삶의 가치를 역설적으로 만나게 해 주는 것임을 굳게 믿고 있다. 그것만이 조찰하고 정결한 삶을 살아가게 하는 근원적 힘이며 이러한 시인의 긍정의 미학은 근원적 존재 형식에 대한 탐구 작업으로 끝없이 이어져 갈 것이다. 짧고도 강렬한 노래에 담긴 서정적 위의威儀를 담은 이번 시집에 그러한 기율과 지향이 잔잔하게 출렁이고 있다 할 것이다. 이제는 돌아갈 수 없는, 돌아가야 할 시간이 그 안에서 출렁이고 있다. 이제 은은하게 빛을 발하는 언어적 섬광으로서의 첫 시집 상재를 진심으로 축하드리면서, 여수니 시인이 서정의 원형과 극점을 아울러 결속해 가는 세계로 더 큰 발걸음을 옮겨 가시길, 마음 깊이 희원해 마지않는다.